LES POÉSIES D'HENRI MURGER

Lu dans la séance du 3 Mars

VERSAILLES. — IMPRIMERIE CERF, 59, RUE DU PLESSIS.

LES POÉSIES D'HENRI MURGER

Il y a certaines personnes qui n'admettront jamais qu'un
« bohême » puisse avoir du talent.

Puritains du monde, puritains de l'art, qui n'ouvrent la
porte de leurs salons qu'aux littérateurs à manchettes et à jabots
plissés ; comme si les grandes œuvres ne pouvaient s'écrire que
sur un pupitre d'or, et que la misère fût incompatible avec le
génie. D'autres, au contraire, regardent la pauvreté comme la
nourrice des grands hommes, et sont amoureux de la littérature crasseuse et mal peignée, fanatiques qui embouchent la
bruyante trompette de la réclame pour le premier pauvre dia-
ble qui meurt, laissant des dettes et de mauvais vers. Ces deux
extrêmes sont également à éviter, et, je crois me tenir dans
un convenable milieu, en vous parlant d'Henry Mürger. Henry
Mürger a fait de l'art pour l'art, c'est un écrivain consciencieux
qui mérite une place dans notre littérature.

Mürger n'est pas un incompris comme Ma'filâtre, qui s'écrie
en mourant qu'il n'y a que les sots qui prospèrent ; ce n'est pas
un vindicatif comme Gilbert qui se pose en victime de l'art ;
ce n'est pas un fou comme Victor Escousse, ni un orgueilleux
comme Chatterton ; ce n'est ni un faiseur de systèmes, ni un
entêté qui n'admet qu'un chemin pour arriver à l'art, à savoir,
celui dans lequel il marche. C'est un homme qui suit les sen-
tiers de la bohême, parce que c'est la seule voie de ceux qui
entrent dans l'art sans autres ressources que l'art lui-même :
mais il regarde en haut, et il voit Mathurin Régnier, La Fon-

3.

taine et tant d'autres illustres *bohêmes* qui lui tendent la main. En ai-je dit assez pour légitimer mon étude ? Je le crois. Si vous le voulez, nous n'appellerons pas Henri Mürger, un bohême, nous dirons que c'est un écrivain sans fortune, un jeune homme pauvre, mais qui ne ressemble guères à celui de M. Octave Feuillet !

Vous me permettrez donc de vous entretenir pendant quelques moments des poésies d'Henri Mürger.

Henri Mürger allait publier ses poésies quand la mort est venue le surprendre. Le poète n'est plus ; mais ses chants épars ont été recueillis par des mains amies, et l'enfant posthume vient de naître, plein des mélancolies de son père, répandant autour de lui ce triste parfum de fleurs écloses près des tombeaux !

Henri Mürger se laisse facilement deviner dans ses trois cents pages de vers ; j'y saisis mieux son agréable physionomie que dans ses romans de longue haleine ; car elles sont remplies de ces confidences que l'on fait à voix basses, et où l'âme se révèle peu à peu avec une ingénuité qui fait plaisir. Là, le poète cause sans façon avec sa muse. Plus fidèle que ses maîtresses, il ne l'a jamais vue s'éloigner de son humble demeure ; ils n'ont pas cessé un seul instant de faire bon ménage. Aussi est-ce avec cette compagne bien-aimée que Mürger chante ses joies et pleure ses mécomptes. Ils se réjouissent ensemble du premier rayon de soleil, ensemble ils voient partir la dernière hirondelle ; et quand il fait froid et que le bois est trop cher, la muse est encore là pour métamorphoser la mansarde nue et glacée, en un des plus beaux palais féeriques du royaume de la fantaisie ! Le déshabillé de l'expression, la franchise de la pensée me mettent à l'aise ; je ne songe plus bientôt que je lis l'œuvre d'un étranger ; la sympathie s'établit peu à peu entre l'auteur et moi ; je deviens intime avec lui, et quand le livre est terminé, je le ferme ainsi que je replierais la lettre d'un ami, plein de l'idée de prendre la plume et de lui répondre.

En un mot, le gracieux recueil n'est autre chose que le journal des pensées quotidiennes de Mürger. On y trouvera bien le thème de tous ses romans, la première note des grands morceaux exécutés ailleurs ; mais là, c'est uniquement la pensée vierge et sacrée de l'écrivain ; il la travestira, plus tard, au gré du lecteur, quand besoin sera.

Voilà donc ce que sont les *Nuits d'hiver* : La vie résumée de Mürger avec ses alternatives d'espérance et de découragement. Le rose et le noir sont les deux couleurs qui ont concouru à esquisser, à travers ces pages, le portrait intime et réel de l'auteur ; mais le noir domine ! Je viens de dire que les poésies avaient pour titre : les *Nuits d'hiver* : admirable titre ! La muse d'Henri Mürger se plaît au milieu du silence mélancolique des nuits d'hiver, car elle aime à se souvenir ! On espère, quand l'alouette chante et que le soleil est chaud ; on se souvient, quand les jours deviennent courts et que les nuits sont froides !

Tantôt la poésie de Mürger est gaie comme le chant de l'eau qui bout dans l'âtre enflammé (ce sont ces jours de richesse ; ceux-là !) tantôt et plus souvent, elle est empreinte d'une ineffable tristesse.

Puisque je retrouve dans les *Nuits d'hiver* presque toutes les nuances du talent de Mürger, il est inutile, ce me semble, de passer en revue les romans du charmant conteur, de les étudier un à un et de leur demander à chacun quelque chose sur la plume qui les a écrits ; le terrain serait trop vaste, et je craindrais de m'égarer ; j'aime mieux m'en tenir à quelques rimes faites dans la solitude, sans vue de publicité, ni en pénétrer profondément et les interroger jusqu'à l'indiscrétion ; je laisse donc les romans fermés, quitte à les ouvrir quelquefois quand les poésies m'y amèneront naturellement. Mais je crois que nous trouverons dans les *Nuits d'hiver* assez de quoi comprendre l'aimable romancier qui nous occupe, assez de quoi admirer sa jeunesse ardente, ses enthousiasmes vrais, son courage poussé quelquefois jusqu'à l'héroïsme, sa tristesse sans amertume, ses souffrances sans désespoir, sa conscience d'écrivain et son énergie d'homme !

Le livre des poésies se divise en trois parties, qui sont : les *amoureux*, les *chansons rustiques*, les *fantaisies*. Dans les deux premières parties, nous verrons Mürger chantant ses amours, et épris des charmes de la nature ; ces poésies là sont toutes personnelles, et elles nous révèlent l'homme.

Vers la fin du volume, nous rencontrerons des chants moins intimes, devant qui l'homme s'effacera, pour nous montrer le poète. Ces poésies qui terminent le recueil ont été divisées elles-mêmes en plusieurs livres et sous différents titres, mais comme elles ont un commun rapport entre elles, par leur cachet d'impersonnalité, — nous les confondrons toutes sous le nom de : *Fantaisies*.

Ainsi donc pour nous, les *Nuits d'hiver* se divisent d'elles-mêmes en trois parties. — Dans la première, les *amoureux*, nous trouvons le chantre du quartier latin, le bohème ! C'est sous ce premier aspect que l'on envisage en général Henry Mürger ; mais ceux-là ne le connaissent qu'imparfaitement, — car Mürger aime à la campagne comme à la ville, et ses amours champêtres ne sont pas moins aimables que les autres; vous le verrez dans la seconde partie du volume, les *rustiques*. Vous verrez aussi que Mürger saisit admirablement le pittoresque des champs. Enfin; dans la troisième partie, apparaîtra un poète qui ne laisse pas d'avoir un certain talent, mais qui est loin pourtant d'occuper la première place.

I

LES AMOUREUX.

Ces pages sont pleines des noms de Musette et de Mimi. Ces pauvres cœurs volages ont quitté le toit chéri avec la dernière pièce de cent sous ; que voulez-vous ? La famine leur a fait peur ! Elles ne sont pas parties tout entières pourtant ! Comment oublier, en effet, les heureux jours passés ensemble, les promenades dans les bois, les dîners sur l'herbe, les serments d'amour échangés l'un après l'autre ?

Pauvres débris sauvés du naufrage, et que le cœur conserve religieusement ! Douces visions que le poète évoque près du foyer abandonné dans ses nuits d'insomnie ! Légers fantômes qui viennent à la voix du souvenir, peupler la solitude de l'amant délaissé. Entrons donc dans ce cimetière des amours mortes avec recueillement et silence, pour ne pas effrayer les ombres gracieuses qui vont passer devant nos yeux !

Je lis à l'une des premières pages :

> « Je n'ai plus le sou, ma chère, et ton code
> Dans un cas pareil, condamne à l'oubli,
> Et sans pleurs, ainsi qu'une ancienne mode,
> Tu vas m'oublier, n'est-ce pas, Nini ?
> C'est égal. Vois-tu, nous aurons, ma chère,
> Sans compter les nuits, passé d'heureux jours ;
> Ils n'ont pas duré longtemps, mais qu'y faire ?
> Ce sont les plus beaux qui sont les plus courts ! »

Voilà un adieu qui paraît au premier abord assez jovial, plein d'une résignation facile : ne vous y laissez pas prendre, on plaisante pour ne pas pleurer, et ces rires-là valent des larmes. Mais Henry Mürger n'aime pas les sanglots ; le désespoir fait mal, si on pleure aujourd'hui, on ne travaillera pas demain et il faut travailler ! De la philosophie morbleu ! Oui, mais cette philosophie-là est mouillée de larmes, et le pauvre amoureux qui crie bien fort : je n'ai plus le sou ! ressemble à ces enfants qui chantent bien haut quand ils ont peur.

Et puis, il y a peut-être une autre raison à cette résignation là. Mürger est incorrigible, il faut toujours qu'il espère :

> Tu vas m'oublier, n'est-ce pas, Nini ?

Que dites-vous du : n'est-ce pas ? N'est-il pas plein d'espoir ? Et, s'il est trompé dans son attente, il se dira : c'est égal…. nous aurons « passé d'heureux jours :

> « Ce sont les plus beaux qui sont les plus courts ! »

Il ne faut donc pas trop se fâcher, nous y avons plus gagné que perdu : Voilà d'heureux jours qui vont se changer en autant d'heureux souvenirs ! Voilà de bons compagnons pour nos nuits d'hiver !

Et là, on pourrait se demander pourquoi Henry Mürger aime tant le passé. L'avenir, il n'en parle que rarement. il ne veut pas y songer. Où sont donc ses châteaux en Espagne, demeures éternelles de la jeunesse ?

C'est que, voyez-vous, Mürger vit au jour le jour :

> « Marchant au hasard
> « Dans le grand chemin de l'art. »

Mürger est un bohême ! Comme le loup de La Fontaine il n'a :

> Rien d'assuré, point de franche lippée,
> Tout à la pointe de l'épée !

Demain n'est pas à lui ; tandis que la mauvaise fortune ne peut rien contre les heures écoulées.

Et puis, indépendamment de toutes ces raisons, il y a des âmes qui chérissent le souvenir d'une amour toute particulière ! C'est le privilége des cœurs poétiques. Quel charme, en effet, de réveiller en commun des souvenirs heureux ou tristes, et de répéter l'un après l'autre : vous en souvenez-vous ? vous en souvenez-vous ?

Quel grand magicien que le souvenir ! — il sait grandir les joies et atténuer les souffrances ! Tout change, tout se métamorphose, lorsqu'on se souvient ; les couleurs se fondent, les tons s'unissent, les aspérités disparaissent, pour faire place à un clair-obscur plein de charmes, à un mélancolique crépuscule, à un vague divin où l'âme se noie ! Écoutez Mürger à présent :

> Beaux bluets qu'on tresse en couronne
> Dans les beaux jours,
> Belles fleurs que le printemps donne
> Pour oracle aux premiers amours,
> Tout se fane, bien vite, Rose,
> Un jour tu n'auras à cueillir
> De fleur éclose
> Que dans les champs du souvenir !

La pièce qui suit a pour titre *Renovare*, — c'est le mot de Mürger !

Je voudrais vous parler aussi du « *Requiem* de l'amour, » — mais c'est un trop long enterrement auquel je craindrais de vous faire assister en entier. Les enterrements ne sont pas du goût de tout le monde ! Mais, vous verrez, par quelques citations, qu'aux enterrements de Mürger le *de profundis* ne se chante pas sur un air trop lamentable :

Encore un amour envolé ! Pauvre Mürger !

Cruelle maîtresse ! ne pleurons pas, souvenons-nous bien plutôt :
Nous étions bien heureux, dans la petite chambre :

« Quand ruisselait la pluie et que soufflait le vent!
» Assis dans le fauteuil, près de l'âtre, en décembre,
» Aux lueurs de tes yeux j'ai rêvé bien souvent ! »

Et plus loin il décrit ses promenades amoureuses dans les bois. — C'était l'été, les harmonies divines de la nature enivraient l'âme, tout invitait à l'amour...

Dieu lui-même !
« Aimez-vous, disait-il, c'est pour rendre plus douce
La route où vous marchez que j'ai fait sous vos pas
Dérouler en tapis le velours de la mousse...
Embrassez-vous encor ; je ne regarde pas! »

Le curé de Meudon n'eût pas mieux dit.
Mais pourquoi rappeler tant d'heureux souvenirs? Mürger va être puni par où il a péché, il a trop fait vibrer la note du souvenir... le cœur s'est amolli dans cette contemplation du passé; les larmes sont bien près, mais il fera un dernier effort.

Lorsque je composai ce morceau funéraire,
Qui n'est qu'un long regret de mon bonheur passé,
J'étais vêtu de noir comme un parfait notaire,
Moins les besicles d'or et le jabot plissé.
Un crêpe enveloppait le manche de ma plume,
Et des filets de deuil encadraient le papier,
Sur lequel j'écrivais les strophes, où j'exhume
Le dernier souvenir de mon amour dernier.
Arrivé cependant à la fin du poème
Où je jette mon cœur dans le fond d'un grand trou,

(Gaîté de croque-mort qui s'enterre lui-même,)
Voilà que je me mets à rire comme un fou, —
Mais cette gaîté-là n'est qu'une raillerie,
Ma plume en écrivant a tremblé dans ma main,
Et, quand je souriais, comme une chaude pluie,
Mes larmes effaçaient les mots sur le vélin !

Mais cette gaîté là n'est qu'une raillerie ! ah ! ces paroles là font mal ! — ces sourires forcés donnent la mort ! Pourquoi rire quand on a des larmes dans la gorge ? ah ! pourquoi? c'est qu'il y a des âmes trop fières pour avouer jamais qu'elles souffrent ! Ames de stoïciens sans le savoir, qui jettent un perpétuel défi à la douleur et ne se disent jamais vaincues.

Cette fausse gaîté est fréquente chez Mürger, il ne veut pas qu'on le plaigne. Qu'a-t-il besoin de nos larmes? C'est avec cette plume ironique et railleuse qu'il a écrit quelques-unes des scènes de la *vie de Bohême*. Mais il vient toujours s'ajouter à cela un rayon d'espérance, qui efface les tons trop accusés, un peu de miel qui adoucit le breuvage amer. Et c'est ainsi que Mürger rend sa douleur aimable.

Mais quand Mürger est heureux, il l'est bien franchement. Autant sa douleur est honteuse et réservée, autant sa joie est ouverte et expansive. Il se montre joyeux avec une bonhomie souriante qui réchauffe le cœur. Tout est oublié et les jours sans pain et les nuits sans sommeil ; mal passé n'est qu'un songe, ne me parlez pas du *requiem* de l'amour, il est bien loin ! On ne pense pas plus au passé qu'à l'avenir ; demain est un mot vide de sens ! Jouissons pleinement du bonheur d'aujourd'hui, il est notre hôte, faisons-lui fête ! Mürger s'entend bien à héberger de pareils hôtes ! c'est un fin gourmet qui savoure admirablement les bons jours que le ciel lui envoie !

Venez contempler avec moi, par la porte entr'ouverte, ce tableau d'intérieur, et écoutons les tendres accents d'une joie qui s'exhale discrètement :

Les gens qu'amuse le théâtre
Nous ont fourni pour cet hiver

Du charbon de quoi remplir l'âtre,
Et le pain, dit-on, n'est pas cher.
Verrous tirés — ô ma petite !
Enfermons-nous pour nous aimer :
Tant que bouillira la marmite,
Nous serons là pour l'écumer.

Quand le givre aux carreaux burine
Ses caprices étincelants,
Quand la neige épaissit l'hermine
Dont elle a vêtu les toits blancs ;
Ermite du bonheur tranquille,
Oublieux, oubliés de tous,
Que notre amour frileux s'exile
Dans l'égoïsme du chez nous !
Et tant qu'aux vives salamandres,
Lumineux esprits du foyer,
Le grillon, rossignol des cendres,
Redira son cri familier ;
Engourdis dans notre bien-être,
Comme au fond d'un nid duveté,
Sans regarder le thermomètre,
Nous attendrons fleurir l'été !

Mürger, vous le voyez, a vécu sous l'ardente latitude de la jeunesse ; ses mœurs n'ont pas été précisément celles d'un séminariste !

Mais, au milieu des entraînements et des orages de la vie de Bohême, son cœur ne fut jamais accessible aux mauvais instincts et aux basses tentations. Il était de cette bohême à qui l'on doit beaucoup pardonner, parce qu'elle lutte et souffre pour l'amour de l'art !

II

LES RUSTIQUES.

Maintenant, laissons derrière nous le pays latin et son atmosphère viciée ! quittons les zones malsaines où l'on meurt à vingt ans, pour aller respirer l'air pur de la campagne. Suivons Mürger dans sa chère forêt de Fontainebleau. C'est là qu'il vient faire provision de vie et réchauffer tout son être aux rayons féconds d'un soleil d'été. Les tons brunis et vigoureux de la santé vont remplacer, sur son visage, cette pâleur maladive, résultat des nuits de travail ! Tous les jours, il fera des excursions vers quelques points nouveaux sans craindre, ni la chaleur du jour, ni la longueur de la marche. Tantôt c'est un chêne séculaire, auquel le temps a donné des formes fantastiques et des proportions gigantesques, qui sera le but de sa promenade, tantôt une futaie ombreuse qui sert de refuge aux aigles de la forêt, un rocher qui pleure, quelques carrefours, jadis rendez-vous de chasse de François Ier ou du bon roi Henri. On revient de ces courses là brisé par la fatigue, mais c'est une fatigue salutaire qui purifie l'âme et fortifie le corps. Mürger le sait bien, et c'est là qu'il va chercher l'antidote de tous les poisons du quartier latin.

Aussi, comme il la connaît bien, sa chère forêt ! Ouvrez Adeline Protat. Quelles chaudes descriptions vous y trouverez des sites aimés ! Comme c'est bien cela !... Rien ne manque au tableau, pas même l'artiste-amateur, installé sous son vaste parasol, pauvre artiste ! qui prétend corriger les sublimes incorrections de la nature, et donner de la symétrie au paysage en alignant les arbres et en les faisant de la même taille ! Mürger en passant le remarque, et il souffre de voir qu'on puisse impunément gâter des beautés qu'il comprend si bien.

Ah ! le voyez-vous, l'aimable romancier, marchant le front en sueur sous un soleil de plomb ? Il est midi, il règne dans la forêt le silence profond d'une journée d'été ; la chaleur a tout rendu muet, a tout immobilisé, la cime des arbres est brûlée, et l'on aperçoit à l'horizon une vapeur grise, comme il arrive dans les grandes chaleurs. La nature entière aspire après l'ombre et la fraîcheur, la fleur se ferme, les insectes se cachent dans les broussailles.... ne vous effrayez pas si vous rencontrez une couleuvre étendue au milieu du chemin, elle aussi est engourdie par la chaleur du jour. Tout fait la sieste, hormis le papillon qui déploie ses ailes bigarrées. Cependant on respire dans l'atmosphère une nourrissante odeur de genévrier. Ainsi va Mürger, plongé dans ses rêveries contemplatives. Ici, il s'arrête pour couper une branche de houx ; là, pour écouter le bruit vague et sourd de la végétation ; plus loin, il s'extasie devant un site pittoresque, ou bien, du haut d'une colline, il contemple l'océan de verdure qu'il a sous ses pieds. Puis il revient vers le village, il rencontre sur le chemin Jacqueline et Annette en bonnet blanc et en jupons courts, il sourit d'aise en les voyant si roses et si joyeuses. Leurs noms vont remplacer sous sa plume, les noms de Musette et de Nini !...

La muse de Mürger s'est faite campagnarde. Ecoutez-la : elle frémit doucement en contemplant la tranquillité et le repos que le dimanche donne au village :

C'est lui, le voilà, le dimanche
Avec le mois de mai nouveau !
L'amandier met sa robe blanche ;
Les fleurs du jardin sont écloses :
On croirait voir le paradis.
La violette parle aux roses ;
Le chêne orgueilleux parle au buis.
Voyez combien l'on est tranquille.
Dans tout le village aujourd'hui :
Le moulin à la roue agile
Et l'enclume ont cessé leur bruit ;
Les bœufs ruminent à la crèche,
Libres du joug et du brancard ;
Et la charrue avec la bêche
Se reposent sous le hangar.

. . . .

. . . .

Personne aujourd'hui ne travaille
Excepté le ménétrier !

Voilà donc la seconde note du talent de Mürger. Le bohême qui chante ses amours du quartier latin, comprend admirablement la poésie du village. Pauvre et enfant de Paris, il mène la vie agitée et brûlante des enfants de Paris sans fortune ; mais, poëte, il a une délicatesse de sentiments, je dirais presque une naïveté que les délices et les hasards de la vie de bohême n'ont pas pu lui enlever. Le malheur ne l'a pas blasé ; il croit au beau.

Les chansons rustiques se terminent par l'éloge du chien Ramoneau.—C'est probablement le portrait de son propre chien que Mürger a voulu faire. Mürger était chasseur et goûtait fort les chiens de chasse. — Il aimait le sien d'une véritable amitié.

> C'est Ramoneau que je l'appelle,
> Et, pour le vendre, on m'offrirait
> De l'or trois fois plein son écuelle,
> Que je dirais : non, sans regret.
> Car depuis vingt ans que je chasse
> J'ai dressé bien des chiens de race
> Sans jamais trouver son pareil.
> Au marais, en plaine, en forêt,
> Bon à courre et ferme à l'arrêt,
> Il quête, le nez dans la brise ;
> Quand le coup part la pièce est prise :
> Il est aussi bon qu'il est beau,
> 　　Mon Ramoneau !

Cette pièce est d'une date récente.

A cette époque Mürger avait renoncé à la vie de bohême, il était décoré et propriétaire !

III

LES FANTAISIES.

Mürger avait cette *longue patience* qu'on a appelée *le génie !* La persévérance a vaincu toutes les difficultés. Aussi pouvait-il être fier, en songeant d'où il était parti. Mürger s'est fait lui-même. Il avait, il est vrai, des dons naturels, une vive imagination, une prompte intelligence. Mais il lui manquait ce qui se remplace difficilement : l'acquis, huit années d'études classiques. Il a suppléé à tout cela par sa conscience minutieuse et son énergie.

En prose, son style est correct, coloré, trop chargé de couleurs peut-être ! Il lui échappe des expressions qui frappent plus fort que juste.

En vers, il est évidemment de la famille de Musset. Vous rencontrerez dans ces *fantaisies* par exemple des pièces à l'allure coquette et capricieuse, comme en savait faire l'auteur de *Namouna*.

Au besoin, Mürger sait presqu'aussi bien que Musset écrire sur vélin rose une déclaration.

Musette est certainement cousine-germaine de Mimi Pinson !

Mais les deux poètes diffèrent sur certains points. Quand Mürger est triste, sa tristesse s'épanche sourdement; Musset jette des cris de désespéré. Musset est père de Rolla. — Mürger n'est ni un sceptique, ni un blasé. — L'amour chez Musset est plus libre, il rougit rarement et se platt à faire baisser les yeux aux femmes ; chez Mürger il est plus timide, moins osé.

Quant au langage poétique, je ne le mets pas en comparaison. L'auteur des *Nuits* est à cent pieds au-dessus du bohême. Mürger a de la peine à faire entendre ses vers gracieux, il est vrai, mais dont la rime est quelquefois boiteuse, quand le grand poète fait résonner ses notes larges et harmonieuses !...

Mürger n'est pas un poète de premier ordre. Il le sait bien, il connaît la faiblesse de son instrument poétique, et il s'en plaint souvent. Mais si ce n'est pas un grand poète, c'est un homme dont l'âme est éminemment poétique. Il a bien fait de ne pas se consacrer uniquement au culte de la muse. Il n'eût jamais été un Shakespeare ni un Musset, car le poète ne doit ne pas chanter que ses joies ou ne pleurer que ses douleurs. Il parle pour le genre humain, et chaque homme a le droit d'aller chercher en lui l'expression de toutes ses mélancolies. Mürger n'avait pas les dix mille âmes qu'on demande aux poètes, il n'en avait qu'une, mais elle était charmante !

Il y dans l'homme deux côtés à saisir : le côté moral et le côté intellectuel. Le premier n'est-il pas le plus grand ? Celui qui aime et qui sent, n'est-il pas au-dessus de celui qui travaille et qui réfléchit ? Mürger doit être rangé parmi les premiers, car il a vécu par la sensibilité. Il a aimé et ne s'est pas enrichi! S'il se fût consacré uniquement au froid travail de l'intelligence, en renonçant à toute poésie et à tout amour, que serait-il devenu? Un honorable fonctionnaire, menant une vie douce et tranquille entre sa femme et ses enfants.

Il aurait pu devenir évêque ; il y a des hommes qui sont partis de plus bas encore et qui le sont devenus!

Mais, grâce à Dieu, Mürger avait une vocation, et rien n'a pu l'en détourner ; qu'on ne lui fasse donc pas un reproche d'avoir peu varié son thème ; rien n'est plus monotone que le sentiment ! On a beaucoup écrit sur le faubourg Saint-Germain, sur la splendeur et la décadence du bourgeois de Paris, du garde national, des boutiquiers, de la classe moyenne. En un mot, on a abusé des scènes champêtres, pourquoi crierait-on contre les récits touchants des amours de la vingtième année ? Manon Lescaut vous demande grâce !

Je termine :

La lecture des œuvres de Mürger laisse un sentiment profond de tristesse. Il a beaucoup souffert de la vie de bohême ; plaignons-le !

Dans un grenier qu'on est bien à vingt ans !

C'est qu'on y est très-mal à tout âge! La pauvreté n'est pas un aiguillon pour le talent. La misère engourdit la plume et tue l'inspiration. Les longues privations aigrissent le caractère et rendent méchant. Il faut être bien cuirassé pour garder un peu de placidité et de calme dans de si grandes désolations.

Mais il y a des pages où Mürger a dit le dernier mot de ses souffrances : « Mes amis et moi nous fûmes durement éprouvés, il est vrai, mais nous avons traversé ces temps d'épreuves sans qu'une voix parmi nous s'élevât pour accuser la destinée. Nous savions que le désespoir est un mal contagieux, et dans les plus pénibles traverses, si quelqu'un se laissait abattre, il cachait sa faiblesse pour qu'elle ne gagnât point les autres, la mort même, en frappant nos plus chers, n'avait pu arracher un sauve qui peut, à ceux qui restaient, et quand notre douleur en deuil pouvait répéter comme les trappistes : « Frères, il faut mourir ! » notre résignation active se remettait à la vie, au contraire, répétant : « Frères, il faut espérer ! » (*Dernier rendez-vous.*)

Frères, il faut mourir ! voilà le glas funèbre que Mürger entendait tous les jours tinter à ses oreilles ; mais il ne voulut jamais se rendre aux invitations lugubres de la mort, et, ni la fin tragique de son ami Gérard de Nerval, ni tant d'épines heurtées sur le chemin, n'ont su lui arracher le merci du vaincu.

On a souvent dit que Mürger avait quelque chose du génie allemand, et on l'a comparé à Henri Heine, parce qu'il offre comme lui un singulier mélange de tristesse et de gaîté. Mais il y a loin de l'ironie sanglante, impitoyable de ce grand révolté, de ce Nemrod métaphysicien, qui se sent blessé des traits qu'il a lancés contre le ciel, à cette noble, discrète et sincère douleur d'Henri Mürger, dont la pudeur cache à demi ses secrètes défaillances et ses espoirs déçus.

Il s'est écrié un jour :

> « Nous avons cru pouvoir, nous l'avons cru souvent,
> Formuler notre rêve et le rendre vivant
>   Par la palette ou par la lyre !
> Mais le souffle manquait, et personne n'a pu
> Deviner quel était le poème inconnu
> Que nous ne savions pas traduire. »

Dans un siècle où la littérature est tombée dans le domaine de l'industrie, où, s'ouvrant aux manœuvres et aux calculs de la spéculation, elle est devenue trop fructueuse pour être désintéressée, c'est une gloire de s'y être consacré dans une pauvreté volontaire. C'est une gloire d'avoir cru, d'avoir voulu, d'avoir essayé, et là aussi, c'est la foi qui sauve.

HENRI DE BAUDESSON.

www.ingramcontent.com/pod-product-compliance
Lightning Source LLC
Chambersburg PA
CBHW061902080726
47597CB00010BA/4365